AF312212

62845

LABYRINTHE

HISTORIAL.

Par F. D. L., fils, petit-fils, frère et neveu de soldats, et ancien soldat.

E. T. A. D. P. O.
S. T. E. R. O.
S. J. L. L.
E. L. A.
B. O.
S.

Iʳᵉ LIVRAISON. *et unique*

A PARIS,

CHEZ LES LIBRAIRES DU PALAIS-ROYAL.

1834.

ISAGOGE, comme di-
soient les contemporains de
Périclès; ou *ROCOCO*,
comme disent ceux de M.
Scipion Marin.

Victor Rocjoyeux, un des huit tri-
saïeuls de mon grand-père, se trouvant
à la bataille de la rue Saint-Antoine,
avec l'acier luisant sous le bras, et le
fourreau pendant à son côté, regardoit
de la place que le hasard lui donnait,
les deux généraux en présence, alors
ennemis. Ses yeux se portaient avec
beaucoup d'attention, de l'un à l'autre,
puis revenoient du second au premier,
puis retournaient du premier au second.
Ainsi auraient fait, cent vingt-cinq à
trente-cinq ans plus tard, ceux de feu
monsieur Papire de Masso, le plus for-

midable des connoisseurs en peinture,
s'il avait apperçu près de lui, les deux
Judith d'Holopherne Alora, qu'il ne
vit pas, et que j'ai vues, moi peu ache-
teur. Victor Rocjoyeux, tout entier à
son examen et à ses réflexions, fut re-
marqué, sur-tout peut-être à cause des
six pieds de Paris, ou pieds de roi,
comme on disait alors, qui distinguoient
sa haute stature, à laquelle rien ne
manquait pour la beauté, la vigueur et
même la grâce. Un cavalier haut monté
lui asséna verticalement sur la tête, un
heurt de pertuisane, dont, par malheur
pour l'assaillant, l'éteuf fut la seule
partie de l'arme qui toucha. Sitôt que
le coup se fut fait sentir, une source de
sang jaillit sous le crâne, descendit vio-
lemment, et se partagea dans les nari-
nes du blessé ; double particularité qui
le sauva seule d'une mort subite, s'il a
fallu en croire le célèbre Louis Petit, à
qui cet évènement de peu d'importance
fut raconté long-temps après, ainsi que

le suivant. Rocjoyeux n'étant aucune-
ment étourdi, se retourna, d'un revers
de son braquemart, trancha par mal-
adresse le bout du nez de son assaillant,
et lui rafla le menton. La guerre entraîne
quelquefois à sa suite de longs ennuis.
Je ne sais ce qu'éprouva plus tard de
fâcheux le pauvre défiguré : mais alors
il ne sut pas, dans sa surprise, empê-
cher le vainqueur, aussi sanglant que
lui, de lui arracher sa guisarme, pendant que le cheval faisait des pointes et
des peterrades ; ce qui ne laissa pas au
cavalier la faculté de tirer son sabre.

Victor Rocjoyeux s'écartant de la mê-
lée, travailloit inutilement d'une main
à essuyer son visage et à secouer sa ca-
saque ; et de l'autre il tenait en arrêt la
pertuisane devenue sienne, qu'il ap-
puyoit sur le pavé. La princesse, au
moyen d'un tube à longue vue, re-
marqua, du haut de la Bastille, la pe-
tite victoire qu'un bel inconnu, sans
destrier, osoit remporter en duel sur

un capitaine de ses gardes, après en
avoir été provoqué autrement qu'en face.
Elle commanda au gouverneur, de faire
jouer l'artillerie ; et une boule de ca-
non, comme on disait alors, abattit un
pan de toiture sur la personne de Rocjoyeux, qui eut le temps de se courber,
tenant l'hast tout droit, et n'eut pas le
moindre attouc à souffrir. Mais il fut
très embesogné sous la grande calote de
charpente qui couvrait en entier son
corps. Je suis ici, se disoit-il (selon une
tradition de parenté) comme serait un
pêcheur de macres pourges, dont la
pennelle auroit fait capot. Car il avait
pêché des macres en Egypte, et, depuis,
dans l'estang de Josselin; et il étoit même
persuadé, non sans motif, que ce fruit
si précieux, au moins si agréable et si
nourrissant, qu'il soit mangé cuit ou
mangé crud, est le Népenthès de l'Odys-
sée, qui longtemps embarrassa, et
encore embarrasse les doctes.

Il n'y eut bientôt plus ni bataille ni

combat. Le prince alla s'essuyer, boire
un coup, et remercier sa bonne soeur,
de la victoire qu'elle venoit de lui faire
remporter sur les soldats de Mazarin.

Chacun reprit haleine; et se retira
qui pouvoit. Quelques bonnes gens,
comme il y en a par-tout, emporterent
ou emmenerent les blessés. D'autres
dégagerent Victor Rocjoyeux. Je n'ai
jamais su au juste, si c'était pour marcher avec monsieur de Canillac ou avec
monsieur de Rouillac, que Victor Rocjoyeux, cette fois, s'étoit armé, au
point du jour, d'une lame large et
courte, à bout anguleux. Mais je croi-
rais volontiers que le prince, le cardinal, la princesse, le coadjuteur et la
régente se valaient bien. Peut-être aussi
je suis d'avis qu'il n'appartient qu'à
une sotte princesse de touer son mari,
pour finir par tirer les bottes d'un faquin
fait duc. Je plains même le poëte Se-
grais, écrivain de cette grande Made-

moiselle, d'avoir eu à supporter, chaque matin et chaque soir, les effets ennuyeux de son ignorante et irascible
présomption.

Victor Rocjoyeux s'étant remis sur ses
pieds, et regardant le dégât sous lequel
il avait failli à être plus ou moins brisé,
eut la vue frappée d'un nid tenant à
une solive, et de cinq petites hiron-
delles, chargées d'aiguilles, ouvrant le
bec, les yeux fermés par la peur. Ce
fut du moins ce qu'il conjectura, les
oiseaux niais, quand les aiguilles leur
ont poussé, ayant toujours les yeux ou-
verts, si ce n'est pour dormir. Il prit
ces innocens animaux, s'arrangea pour
les mettre dans son sein, et s'achemina
vers la ville, avec la pertuisane con-
quise, et ses hirondeaux sans plumes,
dont il pensait à faire ses hôtes. Il fut
salué par une jeune femme, donnant la
main à un enfant coiffé d'un carpat,
attaché au menton par un double ruban

couleur de rose. Dame Josette, je vous reconnois, dit-il. Donnez-moi le bonnet de votre garçon : achetez-en un tout neuf, plus beau si vous voulez, à l'enseigne de la marmite d'or, près de la maison de ma tante, qui vous remboursera, si vous lui donnez de mes nouvelles, avant que j'arrive. Je suis sorti ce matin sans prendre des deniers. Dame Josette dénoua le bonnet : les hirondeaux y furent logés ; et la mère, en réitérant sa révérence, emporta le fils, qui sautait de joie sur ses bras.

Deux petits clous furent plantés à la boiserie d'un salon tourné au midi : le carpat y fut suspendu ; et la nichée fut visitée aussitôt par mere et pere. Ni l'un ni l'autre n'avaient perdu de vue le guerrier au braquemart, à la guisarme embellie d'un éteuf tissu d'or, d'où pendoit une houppe d'or aussi, et diaprée de gueules. Nul ne peut sagement oublier, de Paris au Pérou, que c'était à l'imitation présumée du pourpoint de don Sanche, dont le petit-fils du célebre Vernet, s'est gardé, trop savamment peut-être, de négliger les émaux navarrins.

La saison du départ des oiseaux voyageurs étant venue, Victor Rocjoyeux attacha la question suivante à deux des petites jambes que deux vols étendus alloient bientôt porter au loin :

> Hirondelle,
> Noire et belle,
> Où vas-tu ?

Par un beau jour de soleil, du printemps de l'année suivante, la famille messagère arriva vers trois heures après midi, et se posa, en caquetant, sur le carpat, qu'on n'avait point ôté, et sur deux baguettes où les petits avaient souvent perché, avant de se lancer en plein air.

Voici la réponse qui était apportée à Victor Rocjoyeux:

Vers Athènes ,
Chez Clisthènes ,
Astronome sans astu ,
Qui n'aime que la science ,
Qui ne hait que la jactance ,
Et ne craint pas la vertu.
Dans sa tourelle viendras-tu ?

Avec grand plaisir, s'écria-t-il, après avoir lu à haute voix l'invitation attique. Tu vas donc voyager encor , mon ami ? lui dit , d'un cabinet à oratoire , une dame qui, par son âge, aurait pu être sa mere. Il répondit : Oui , ma tante. Ce que j'ai cherché envain dans plusieurs pays, je ne désespere pas de l'acquérir enfin dans la patrie de Clisthènes ; et peut-être cet astronome sans astuce , comme il dit , et comme je crois, ne se refusera pas à m'enseigner, s'il la connaît, une autre vérité, après laquelle je cours, également sans succès, depuis ma sortie du collège. Vous savez, ma tante, de quelle nature est celle-ci ; car vous m'avez dit, dans mon enfance, que vous en aviez entendu parler dans la vôtre (*). Que le Toutpuissant t'accompagne, répliqua la douce voix féminine.

Victor Rocjoyeux rendit grâces à la dame, et arriva en dix à quinze semaines, dans l'observatoire de son correspondant.

Clisthènes l'accueillit aussi honorablement qu'il avait pu l'espérer. Je vous donne mon valet Orgias, lui dit-il, pour vous guider dans la ville et aux environs : car votre intention est apparemment d'examiner ce qui peut rester de curieux à voir, dans l'impotente patrie de Phi-

---

(*) Il s'agissait là de deux hommes, l'un, nommé *Sans-Toison* (Adam), dès qu'il fut créé, selon la Genèse ; l'autre, Noé, Gédéon, Samson, Socrate, Confucius, Jésus-Christ, etc., etc., que d'aucuns, dans le christianisme transcendant, assurent avoir été le même personnage.

dias et de Périclès? Oui sans doute, je
veux examiner Athènes, puisque j'y
suis, répondit l'arrivant. J'ai bien exami-
né le grand canal de la Chine, et l'inhumation aussi barbare que dispendieuse,
du puissant roi de Macoco. Mais c'est
pour un motif tout philosophique, et
même pieux, que je me suis rendu à
votre défi, à votre si gracieuse invitation.
Je désire solliciter de vous, quelques vérités, importantes pour moi, une vérité
seulement au moins, sur l'art ou la
science des horoscopes.

Je suis né athénien, fils de français,
répondit Clisthènes; et je vous fais compliment de la curiosité qui me procure
votre venue.

Ils parlerent d'astronomie d'abord,
et d'astrologie ensuite. Enfin, dit le
voyageur, vous m'avez convaincu que
l'exercice des tireurs d'horoscopes n'est
qu'une sottise, ainsi que je commençai

à m'en douter, en lisant vos sept petits
vers. Et je n'oublierai, de ma vie, les
vérités que je viens d'apprendre de vous.
Mais j'ose maintenant vous demander si
vous avez sur l'ame humaine une opinion fixée ? Oh oui, j'en ai une, répondit
le vieillard : je crois à la métempsycose.
Mon pere, Gabriel Victor de Burillon,
s'expatria, pour n'être pas brûlé vif,
comme choisissant des opinions reli-
gieuses ; ce que les maîtres des écoles
soi-disant théologales, nomment héré-
tique. La partie exclusivement morale
de sa personne, était du nombre de ces
intelligences qui se souviennent d'avoir
été habillées par d'autres corps que
ceux qu'elles occupent actuellement : et
ma croyance n'est pas différente de ce
qu'était la sienne.

LABYRINTHE
HISTORIAL.

Que le ciel nous préserve d'un héros
de nouvelle croissance ! Ainsi soit-il.
Ce durent être, en deux temps jadis,
des personnages au moins fort ennuyeux
à rencontrer, que les deux vrais héros
dont l'histoire avait conservé jusqu'à
nos jours le terrible souvenir. Le siècle
présent lui en a fourni un troisième ;
qu'elle s'en tire comme elle pourra. Les
âges historiques n'ont vu que trois héros en tout : elle s'en souviendra, si elle
est sage. Annibal, aussi grand général
d'armée que chacun de ces trois cou-
reurs de gloire, ne fut pas un héros ;
car il ne combattit jamais que pour
son pays.

* * * * *

Ce fut, disait-on, un spéculateur pa-
triote, qui, le premier, proposa au

Consulat, remplaçant les cinq Directeurs, de faire construire, à Paris, un premier pont, pour le dix-neuvième siècle. Mais lui et les trois consuls commirent une honteuse faute d'omission. Sur les anciens ponts de Paris, où le passage était payé, le payement de deux passans était indispensablement le même que celui qu'on exigeait pour trois. Ainsi le passage du Pont-Rouge, du Petit-Pont, etc., n'était refusé à personne. Il n'y avait donc point de male toste, c'est-à-dire, aucun mauvais compliment à recevoir, à l'entrée d'un pont de Paris. A présent, si vous avez oublié votre bourse, faites le tour sur un pont libre, ou si vous êtes très pressé, laissez votre montre en gage.

Ce n'est pas que le Labyrinte historial veuille appeler ici l'attention sur les pauvres. L'Almanach Royal prouverait, au besoin, qu'on s'occupe d'eux *administrativement*, comme disoit M. Rœderer, à l'Académie.

❀ ❀ ❀ ❀ ❀

On annonce une missive où la reine

Hortense dit qu'elle fait publier des mémoires politiques ou autres, dont elle est l'auteur. Elle les a écrits, dit-elle, pour faire taire la calomnie sur son honneur, sur sa vertu. Mais que peut-elle avoir à écrire pour sa défense, après la confidence qu'elle fit, un jour, dans son désespoir, à la comtesse Olympe, et que toute la France lisante connoît à présent? Rien du tout. Cette confidence la montre pure, aux yeux du public.

Si par hasard la reine Hortense ne connaît pas bien sa parenté avec Mahmoud le Grand Turc, le Labyrinthe Historial mettra en lumiere ce qu'il en sait, depuis qu'il partit pour Topana.

❋ ❋ ❋ ❋ ❋

Après la chute de la Bastille, quantité de papiers manuscrits, conservés dans cette forteresse, passèrent en diverses mains. Pierre Manuel, ex-moine, qui s'y était trouvé six mois en prison, pour je ne sais quels couplets de sa verve, se fit aisément nommer archiviste des inutiles vieilleries qui pouvaient s'y trouver encore, lorsque chacun en eut

pris ce qui convenait à sa curiosité.
Il écrivit au comte de Mirabeau, qu'une
caisse, contenant des lettres de son écri-
ture, était à sa disposition, chez lui
Manuel. Mirabeau vint promptement
de Versailles, vit la caisse, qui lui fut
remise sur la pause d'un escalier, descendit pour aller chercher un porte-faix,
revint avec son homme, et ne trouva
plus la caisse. Pierre Manuel, en son
absence, avoit, avec prestesse, retiré
et caché ce trésor. L'auteur des Lettres
à Sophie étant mort deux ans après,
Pierre Manuel fit imprimer ce larcin.
Mais la caisse ayant été longtemps sous
une des gouttieres de la Bastille, la
pourriture en avoit plus ou moins altéré
presque tous les feuillets. Le larron, de
son mieux, remplaça les lacunes, se
gardant bien d'avertir le public de cette
supercherie, qui peut faire passer Mirabeau pour un écrivain souvent em-
bourbé dans le mauvais goût.

❈ ❈ ❈ ❈ ❈

M. Bailly, qui fut président de l'Assemblée Constituante, et maire de Paris,
avoit une dévotion monacale, mais qu'il

cachait avec beaucoup de soin. La veuve
Gail , non moins rusée qu'elle était
sotte , le connaissait depuis longtemps ,
comme un être aussi foible qu'opiniâ-
tre et orgueilleux. Elle le réduisit à devenir son second mari , par une escro-
querie de cohabitation. L'archevêque
de Paris , averti subitement par l'illus-
tre académicien , ne trouva d'autre
moyen de lui faire éviter le péché , que
de prononcer un *conjungo* préalable , à
l'entrée de la nuit.

Au mois de septembre 1789 , M. Du
Saulx présentant à son confrere un exem-
plaire du livre qu'il venoit de publier, in-
titulé, *De l'insurrection parisienne , et
de la prise de la Bastille* , M. Bailly fit
une exclamation plaintive et criarde, sur
le mot *insurrection*. Une dame de la
Cour lui avoit persuadé que la présiden-
ce de l'Assemblée nationale, etc., étoient
une tache à sa gloire. Au temps de la terreur, M. Bailly choisit, pour lieu de son
refuge, la ville de Rouen , où Bordier
avait été mis anti-nationalement au gi-
bet. Mais au bout de trois mois, lorsque
le pouvoir oclocratique fut monté au
comble , M. Bailly écrivit à M. Du

Saulx, qu'il s'ennuyoit à Rouen, et que le mercredi suivant, il arriverait, par la voiture publique, chez lui Du Saulx, où il comptoit prendre gite. M. Du Saulx ne vit dans cet avertissement qu'un acte de démence, et courut se réfugier dans une maison de village.

Le supplice que la canaille fit souffrir à M. Bailly fut exécrable. Cependant les horreurs de la glaciere d'Avignon, où les assassins avaient jeté, les uns sur les autres des malheureux, seulement à moitié assommés ou éventrés, et dont plusieurs dans cette situation, vécurent quelques jours, fut plus horrible encore.

En tête du Dictionnaire de la rue Bailleul, est une chronique de la révolution française, où se lit la ligne ci-dessous : 1789. 12 *juillet. M. Necker reçoit l'ordre de sortir de France.* Voilà une erreur. Il arriva seulement que ce ministre s'approchant de la porte du roi, un prince qui, trente-cinq ans après, fut, à son tour, roi en France, dit à ce ministre, en le barrant par sa

personne : *Que viens - tu faire ici,
fourchu bourgeois?* avec le gros mot. Or
M. Necker, noble prussien par sa naissance, et à peu près citoyen de Genève
par adoption, n'étoit point un de ces
hommes que les nobles, vieux ou nouveaux, qualifiaient par respect pour
eux - mêmes, de *bourgeois*, comme
n'ayant pas encore secoué vilainie.
M. Necker, sur le compliment peu aimable d'un frère de roi, recula, comme
un débiteur devant ses créanciers, et
partit. C'était un dimanche.

Les deux jours et demi suivans, les
citoyens de Paris, apprenant qu'un maréchal de France s'était chargé de les
combattre, au moyen de plusieurs régi-
mens français et étrangers, postés dans
leur plus prochain voisinage, coururent
aux armes ; et la fameuse Bastille fut
PRISE A FORCE OUVERTE, ce que
la même chronique n'exprime pas nette-
ment. L'écriteau gigantesque, placé, au
graindorge d'un esponton, qui fut pro-
mené jusqu'au centre de la ville, était
conçu en ces mêmes termes, et avec
vérité.

❋ ❋ ❋ ❋

Louis XVI venant, le 6 octobre, avec
sa famille, habiter à Paris, un des gardes
nationaux placés aux deux côtés du carrosse, fut questionné par la reine, su
sa profession ou son métier. Je suis coiffeur, répondit-il, coiffeur de dames et
de demoiselles, non pas, sans doute,
aussi adroit que Léonard, qui a l'honneur de manier, tous les jours, les cheveux de V. M. Léonard est le lion, le roi
des coiffeurs; et je ne suis que le mince
coiffeur Lami, aspirant au jour où je
pourrai changer cet état, souvent ennuyeux, contre un autre qui me con-
vienne. Vous avez un nom très agréable,
dit la reine : et quel autre métier pren-
driez-vous? — Je désire me faire papetier.
Je m'apperçois, depuis le 23 juin, qu'il
va y avoir en France un grand commerce
de feuilles blanches. Le coup-d'œil du
pauvre garde national causera peut-être
quelque surprise, même aux penseurs
à profondes idées, qui ont lu le premier
mémoire de M. Ouvrard, né dans une
opulente fabrique de papier.

Ce singulier entretien ne fut pas in-
terrompu : et Lami arriva, de la mai-

son Scarron, l'arme au bras, jusqu'au château des Tuileries, porté par un marche-pied royal, et se tenant d'une main à la portière de gauche, côté de la reine. Le roi entendit tout ce qu'il lui plut. Marie-Antoinette donna cent louis à son bon interlocuteur, qui devint un fort riche marchand de papier.

✳ ✳ ✳ ✳ ✳

Après la bataille de Fontenoy, Louis XV, tenant sa lorgnette en main, dit, à demi-voix, aux premiers des combattans qui étoient venus le féliciter : *J'ai vu fuir de tous les uniformes, excepté de celui de mes gardes.* Et il eut toujours, depuis ce temps, pour les gardes de son corps, en général beaucoup d'affection. Deux ou trois eurent même de lui quelques confidences, mais sans qu'il cherchât à les enrichir.

Il se retourna ensuite, et dit, en montrant un château contre une côte : *J'irai diner là.* Pendant son diner, le maître lui montra l'aîné de ses enfans, jeune écolier, qu'il destinoit à la magistrature. Le roi promit au pere sa protection pour le fils, qui plus tard fut M. de Calonne, ministre alerte, frivole, ignorant et mauvais écrivain, de Louis XVI ; témoin son discours aux Notables, qui fut imprimé in-4°., et répandu en Europe et ailleurs. Mais l'origine de la révolution nationale de la France, n'est pas dans cette protection accordée par Louis XV.

Elle n'est pas non plus dans le *deficiente pecu*, comme se l'imaginerent, sans justesse philosophique, les seigneurs de la clergie, lorsque plus tard ils firent l'offre de quatre cent millions de livres ou francs, pour calmer tout.

❀ ❀ ❀ ❀ ❀

DIALOGUE.

UN HISTORIEN.

Je suis fort aise de vous rencontrer ici, et que nous puissions raisonner, je veux dire, politiquer avec clairvoyance, sur la Révolution, en discutant, s'il le faut, selon les exigences d'une logique ferme, intrépide, imperturbable.

UN AMBULANT.

Soit.

L'HISTORIEN.

Je commence par vous dire que des trente-deux Capétiens qui ont gouverné la France pendant huit siecles, il n'y en a eu que deux d'estimables. Tel est mon axiôme, et sans doute le vôtre?

L'AMBULANT.

Je ne sais pas. . . . .

L'HISTORIEN.

Comment, vous ne savez pas! Oubliez-vous que depuis la paix de Nimègue, le roi Guillaume avait mécontenté Louis XIV, en refusant la main de sa fille naturelle?

L'AMBULANT.

Il se peut. Mais ce fut vraisemblablement parce que le roi Guillaume, prince ou duc de Nassau, étoit né d'une race monarchique en Allemagne, *ex utroque proventu.*

L'HISTORIEN.

La belle raison que vous me donnez là!

L'AMBULANT.

Elle n'est pas laide; et son axiôme

valoit bien le vôtre. Les statisticiens
d'Allemagne vous le pourraient affir-
mer, en s'appuyant (néanmoins sans
nécessité) sur la phrase ou maxime,
adressée depuis à un historien célebre,
par un souverain, afin de l'avertir d'une
allégation grave mais erronée, que l'é-
crivain, après l'avoir réconnue telle,
prit la prompte résolution de supprimer.

L'HISTORIEN.

Quel écrivain?

L'AMBULANT.

Voltaire. Une. . . . . .

L'HISTORIEN.

Et ce souverain étoit sans doute le roi
Fréderic II?

L'AMBULANT.

Non, monsieur. Et je continue de
vous répondre. Une madame Campan
a écrit que l'empereur d'Allemagne Jo-
seph, frère d'alliance de Louis XVI,
dans ses deux voyages en France, *témoi-
gna prendre intérêt* à la princesse Eli-
sabeth, jeune sœur du roi. Elle ajoute
qu'il circula, dans ce temps, *quelque*

bruit de mariage. Mais d'un tel contrat, il n'aurait pu venir que des enfans non idoines à hériter de toutes les souverainetés de leur pere, par exemple, du duché d'Autriche.

L'HISTORIEN.

Peu m'importe ; mais j'ai un second axiôme que voici :

Une révolution générale ne s'improvise pas.

L'AMBULANT.

La révolution que Mahomet *improvisa*, ou opéra, fut prompte et générale.

L'HISTORIEN.

Une révolution politique ne s'improvise pas.

L'AMBULANT.

Oh que si fait !

L'HISTORIEN.

« OEil-de-bœuf, intrigues de cour, » anciens abus, vieilles erreurs, éti- » quette surannée ».

L'AMBULANT.

Surannée ? Assurément l'étiquette chez le roi, et chez les princes ses parens, ne l'était pas. Au contraire.

L'HISTORIEN.

La génération d'un tel phénomène n'a pu s'improviser; et plus l'apparition est merveilleuse, plus longtemps elle a dû être préparée.

L'AMBULANT.

Il se pourroit que si vous placiez devant une demi-douzaine, ou une douzaine de graves tomes, les conjectures que vous me communiquez là, vous eussiez un joli nombre de lecteurs, et peut - être d'admirateurs. Cependant elles sont un systême, qui pourrait tomber. Voyez ce que sont devenus, et la formation des planètes, par M. de Buffon, et sa formation des montagnes au bord de la mer, et cent ans auparavant les tourbillons de Descartes, et l'antique opinion des quatre élémens dont la matière était exclusivement composée, dans les hautes écoles, il n'y a pas encore trois quarts de siecle.

L'HISTORIEN.

Lorsque Descartes révéloit sa philosophie, lorsque Montagne doutait, lorsque Moliere écrivoit son *Tartufe*, ils préparaient la révolution de 1789.

L'AMBULANT.

Ni plus ni moins que la préparaient les fillettes de Valenciennes ou de Malines, qui les premieres s'aviserent de fuseler les plus subtils entrelas.

L'HISTORIEN.

Il est évident que les germes de notre révolution ont été semés par les siecles antérieurs.

L'AMBULANT.

Sans aucun doute, l'invention des alphabeths fut, en diverses contrées, un premier germe de toute révolution politique, ou autre. Mais en 1789, deux causes, trois causes, quatre ou cinq causes immanquables d'une révolution, ne dataient pas de trente ans : et les principales de ces causes n'existerent qu'en France.

L'HISTORIEN.

Nego ac persequor, ut agebatur in sa-

piente Sorbond. Le sceptre de Louis XIV
comprimoit les idées. Les solitaires de
Port-Royal, si affreusement traités,
avaient pour premiers torts de fixer des
limites à la crédulité, d'établir des rè-
gles pour le doute.

L'AMBULANT.

Non, mais de ne point plaire à la
veuve Scarron, dont la crédulité n'étoit
autre que la leur; et vous en convien-
driez avec vous-même, si vous preniez
pour juge, en cette matiere, si grave
et si extravagante, votre sens commun.
Ces hommes à ronflante plume croyaient
ou sembloient croire à la triplicité du
Toutpuissant, auteur des êtres, tant in-
visibles que visibles; triplicité dont
cette dame ne doutait apparemment pas.

L'HISTORIEN.

Je m'en moque; et écoutez-moi. Depuis Louis XIV, de quel ordre partirent les scandales?

L'AMBULANT.

Il n'y eut en aucun temps, ni ordres
ni ordonnances pour faire estimer ni ad-
mirer des scandales. Vous voulez politiquer sur la Révolution : mais vos
discours ressemblent un peu, au lan-

gage près, à ceux des sermonnaires du
quinzieme siecle, que des curieux ai-
ment à feuilleter une fois en leur vie.

L'HISTORIEN.

Souvenez - vous qu'avant l'année
1789, ainsi que le président du Corps
législatif Pastoret, en fit la déclaration
au roi, en novembre 1791, *tous les
pouvoirs en France étaient confondus.*

L'AMBULANT.

Cela n'étoit parbleu pas vrai ; ains au
contraire. On se plaignait nationalement
des uniques pouvoirs de l'aristocratie.

L'HISTORIEN.

« Le souvenir de ces trois filles d'un
» Régent dont les déportemens déco-
» lorent les tableaux de Suétone, n'a
» pu manquer, joint à d'autres, d'être
» un des mobiles puissans de la Révo-
» lution ».

L'AMBULANT.

Ces déportemens, s'ils ont existé,
ainsi que l'incendiaire duc de Fronsac,
qui haïssait son pere, en a fait écrire
un libelle diffamatoire, qu'étaient-ils,
en comparaison du mariage aussi public

qu'il fut possible de le rendre tel, d'un
duc avec un marquis, régnante la duchesse de Maintenon, et qui ne fut pas
même puni du fouet? Et la fameuse
procession Flesselles, dont tout Lyon
doit se souvenir encore, procession non
moins obscène que ce mariage, n'a pas
empêché que l'hôte de cette procession
continuât de faire son chemin, en qualité d'habile administrateur.

La Révolution n'est venue d'aucun
vice de ces dames ni de ces messieurs,
ni des princesses du Palais-Royal.

L'HISTORIEN.

Voici une cause que vous ne pouvez
contester.

« Ces deux indignes descendans du
« vainqueur de Rocroi, l'un fuyant du
« champ de Crevelt, l'autre exerçant sa
« meurtriere adresse sur des couvreurs...

L'AMBULANT.

Le premier n'étoit qu'un mince dia-
cre, à qui la gouvernante de son oreiller
persuada qu'il serait un grand général, s'il
lui prenoit fantaisie de l'être; et le second

fut un monstre de scélératesse. Le public inférieur ignorait, depuis longtemps, leurs noms, en 1789, ainsi que leur qualité ; et c'est le public en bloc, qui a fait la Révolution. Au reste, Louis XIV ni sa femme ne se montroient scandalisés des assassinats du cousin ; et quinze fois il fut quitte de ses quinze meurtres, en allant demander chaque fois, chaques deux ou trois fois, un pardon à Louis le grand, qui le lui accordait. Mais, à cet égard, tout fut changé pour lui, après le mort de Louis XIV. Le petit Louis XV, éclairé par le Régent, fit cette réponse au Cousin Charolois, lorsque cet abominable prince alla lui demander sa grâce, pour un seizieme tué. MON COUSIN, JE VOUS LA DONNE ; MAIS JE LA DONNE EN MÊME TEMPS A CELUI QUI VOUS TUERA. C'est une des traditions du château de Versailles, desquelles sans doute vous vous souciez peu.

L'HISTORIEN.

Oui fort peu.

L'AMBULANT.

Mais il y en eut d'importantes, où pourraient se trouver les causes primordiales de la Révolution qui cahote la nation française, depuis quarante-quatre ans.

L'HISTORIEN.

Que ne me les dites-vous, si vous en savez d'autres que celles qui sont dans les récits imprimés, et qui courent les cinq parties du monde?

L'AMBULANT.

Si je vous les indiquais, vous ne les comprendriez guère, étant uniquement homme d'autels. Et puis, tant de gens se croient intéressés à les méconnaître, nobles anciens et nouveaux! Souvenez-vous du propos philosophique de Fontenelle.

L'HISTORIEN.

Je n'ai pas oublié non plus comment ce propos fut combattu par d'Alembert, en pleine académie.

L'AMBULANT.

Il le fut mal. La main fut ouverte en 1789; elle est plus que refermée.

L'HISTORIEN.

Cependant continuons, s'il vous plait. Que voulez-vous que pense la postérité, du récit d'un affidé de certain ambassadeur de Louis XV, à la cour de Vienne, et de ses ténébreuses négociations?

L'AMBULANT.

Ténébreuses oui, puisqu'on s'y parlait en plein air, entre onze heures et minuit, sans fallot. Mais Thugut trompait l'ambassadeur et son secrétaire Georgel, qui ne fut que dupe de Thugut. J'ai connu ce turc, ce baron. C'était le plus spirituel des hommes beaux de corps et de tête, qui eussent été portés en barcelonnette par mere ou nourrice, de Stamboul vers la capitale des Osterligs.

L'HISTORIEN.

Soulevez un doigt.

L'AMBULANT.

Il n'y aura rien à gagner à cela, pour vous, ni pour tout homme discret. Thugut vint à Paris incognito, chez le prince de Licktenschtein. Mais il perdit sur la route, une forte et haute canne, que lui avait autrefois, je pense, donnée son auguste reine d'Hongrie : et, dans l'espoir que ce don serait retrouvé, il me mit pour un peu dans sa confidence.

L'HISTORIEN.

Ah le fameux Thugut est venu à Paris ! Etoit-ce avant la Révolution ? Au temps de Louis XV ?

L'AMBULANT.

De Louis XVI.

L'HISTORIEN.

Cette baronnie de Fenestrange, donnée, puis retirée, puis redonnée, à la honte des déprédateurs, dites-moi, s'il vous plait.....

L'AMBULANT.

Oui, s'il me plait.

L'HISTORIEN.

S'il vous semble utile au public de le savoir, ce qui en étoit dit dans Paris, ou dans le château de Versailles, quand on s'y en entretint pour la premiere fois.

L'AMBULANT.

On en riait à l'OEil-de-boeuf, mais tout bas, parce que là on ne rioit pas autrement, lorsqu'on y rioit.

Neuf mois avant que ce cadeau royal eût été conquis avec une habileté rare, M. d'Espréménil si détesté depuis par la reine (à ce que la dame Campan a écrit avec sottise, ignorance ou niaise-

rie), avait eu vent d'une intrigue de
Cour, dont un verre de vin blanc seroit
le premier mobile.

Ceux qui ont vu et goûté le vin de
Chiras, savent qu'il n'a presque point
de couleur, et qu'un homme, tant vi-
goureux soit-il, prince ou non, même
roi, si sa carafe en était chargée par une
savante entrepreneuse d'amoureuse mer-
ci, aurait la tête plus ou moins pesante,
en quittant la table.

Un homme d'un visage bien connu,
comme dit Voltaire à une occasion différente, se crut pere de l'enfant d'une
demoiselle de son voisinage ; et la femme
de cet homme en soupira de chagrin,
au lit, et pleura un peu.

Il y avait à Maubeuge une comtesse
Diane, comme il y avoit aux environs
de Lyon, une comtesse de Bourbon-
Lancy, à ce que marque madame de
Genlis, dans les douze tomes de ses
Mémoires étrangement chrétiens. Et à
ce propos, je vous dirai que le vieux
pot-aux-roses de Lamuete a été décou-
vert par madame de Genlis, en alexan-

drins, avant ou après la madame Campan, et sans qu'elles aient rien compris alors ni plus tard, de ce qu'elles copioient. Es-tu content, Coucy ?

L'HISTORIEN.

Très peu.

L'AMBULANT.

Questionnez les matadors de l'émigration. Au surplus, la comtesse Diane avait peu d'envie, et avec raison, de passer pour belle : mais elle étoit, vraiment, remplie d'esprit, et pourtant très savante. S'il lui arrivoit d'écrire des Mémoires, je pense que sa plume n'y serait pas moins véridique et agréable que celle du cardinal de Retz l'est dans les siens. Et vous y verriez deux ou trois causes de la Révolution, lesquelles ne pouvoient être vues ni prévues, lorsque le coadjuteur alignait sa guerre civile.

L'HISTORIEN.

Vous ne pouvez disconvenir qu'en 1789, le peuple avoit apperçu ses droits, et qu'il voulait en jouir.

L'AMBULANT.

Eh qui vous a dit que chaque peuple

n'apperçoit pas , de temps en temps ses
droits , ou quelques-uns de ses droits ?
Le plus malheureux des peuples subju-
gués que le monde ait jamais vu , les
Ilotes eux-mêmes connaissaient plus ou
moins les leurs , puisque les enfans des
Spartiates étaient légalement autorisés à
égorger tous les Ilotes qu'ils pourraient
trouver, à certaines époques , ensemble
ou séparément , hors de leurs demeures,
après le couvre-feu.

Ce ne fut (ECOUTEZ BIEN) , ce ne
fut , en 1789 , ni la partie la plus élevée , ni la partie la plus abaissée de la
nation française , qui commença la Révolution. C'en fut la partie moyenne ,
dont Louis XV , dans une haute pré-
voyance , jugea peut-être , avec le maréchal de Richelieu , que la vigueur de
pensée ou d'indignation , serait indomp-
table sous son règne.

L'HISTORIEN.

Quoi ! une nouvelle énigme ?

L'AMBULANT.

Cherchez : demandez : rétudiez , s'il
le faut ; et ne vous faites plus devineur
d'évenemens prétérits , qu'une généra-

tion encore vivante, a vus naître et s'é-
tendre sous ses yeux.

❋ ❋ ❋ ❋ ❋

Louis XV fut servi et soigné admira-
blement, dans la maladie dont il mou-
rut, par les trois seules princesses ses
filles qui fussent restées auprès de lui,
et qu'il n'avoit pas voulu marier, quoi-
qu'il lui eût été très facile de le faire,
soit en pays étranger, soit en France.
Mais il craignait pour alliés les princes
ses parens. À la vérité aucun prince allemand, de maison souveraine, n'avait
galamment le droit de devenir son gen-
dre, le mariage d'un tel prince avec une
étrangère, ne pouvant produire que bâ-
tardise politique. De nos jours l'étoilé
Napoléon s'y est trompé d'une façon
peu sage. Et par exemple, sa princesse
Stéphanie de Beauharnais, qu'il avoit fait
épouser bon gré malgré, par le dernier
monarque de Bade, dont elle est veuve,
mere de deux fils, a pu voir avec étonnement, un parent très éloigné de son
mari, arriver à Carlsrhue après décès,
et se placer, en vertu de la légalité
(comme on dit en barbarisme, depuis

peu par ici), sur un trône qu'elle croyait
n'appartenir qu'à son fils ainé.

Ces trois princesses, filles de Louis XV,
en étoient fort chéries. Une madame
Campan donne à entendre le contraire,
mais sans aucun motif, et fort ignoram-
ment. Étant jeunes elles eurent une gouvernante, la comtesse d'Andelot, qui
élevée, à ce qu'il paroît, dans une pension vicieuse, leur mit, un jour, sous
les yeux et aux oreilles, par une cou-
pable ruse, le livre obscène et dégoû-
tant du jeune écolier Gervaise. Elle fut
confinée, par ordre du roi, dans une
prison ; et la comtesse de Narbonne fit
semblant d'accoucher, en quoi elle fut
comiquement imitée, longtemps après,
par la duchesse de Polignac. La mort
de la gouvernante en impureté, étant
arrivée enfin, le mari, devenu vieux,
épousa la mere de la jeune chanoinesse
qui devint peu après, la fameuse ou célebre comtesse de Genlis.

❊ ❊ ❊ ❊ ❊

J'ai lu qu'il n'est pas vrai que la retraite de Prague ait mérité la réputa-
tion qui lui fut faite en Europe, lorsque
François Chevert, de garçon barbier,

n'était encore arrivé qu'au grade de
lieutenant-colonel de Beauce. J'ai lu
dans le même livre, que Louis XV,
après son décès, fut abandonné de tous,
et qu'une prétendue mauvaise odeur fut
le prétexte de cette désertion. Ces deux
contre-vérités ne sont pas légeres.

Au temps où dominoient plus ou
moins, messieurs Napoléon l'empereur,
Fouché le duc et Dubois le comte, un
abbé Famin, fut appelé je ne sais quel
jour, quel mois, quel an, à un cloub
minervien, à l'effet de démentir un pros-
crit, ancien garde du corps de Louis XV,
au sujet du cercueil de ce roi défunt,
sur lequel était tombé mourant, un des
plombiers qui venoient pour le sceller,
et qui ne firent pas toute entiere cette
besogne. Les gardes de service demeu-
rés seuls, tout-à-fait seuls, chargerent
sur la charrette cette pesante masse, et
l'accompagnerent jusqu'à Saint-Denis,
ayant le vent au visage, pendant que
toute la procession s'écartoit à droite ou
à gauche, et qu'ils tenoient, eux, chacun contre son nez un mouchoir plein
de vinaigre. Ils descendirent, sur leurs
bras, suivant la coutume antique, près

du caveau royal , le plomb mal soudé ,
et les restes humains qu'il contenait.

Mais bientôt , les moines de Saint-
Denis furent contraints par l'odeur in-
supportable , dont les habitans même
de la ville se plaignaient , de faire remonter le cercueil et le corps, qui fut
enfoui dans une quantité considérable
de chaux vive ; et le plomb fut re-
fondu. Le corps nud , très blanc ,
chargé de boutons , que M. l'abbé Famin a vu sur le dos d'un de ses consorts,
qui le portait gaillardement à bras sur
épaules , dans Saint-Denis , en 1793 ,
à ce que M. l'abbé raconta, était peut-
être le dauphin ou le duc de Verman-
dois , tous deux fils de Louis XIV ,
morts également de la petite-vérole , et
que leurs portraits montrent avoir eu la
peau très blanche, ainsi que les cheveux
blonds et les yeux bleus. Louis XV avait
le corps brun , et les yeux très noirs ,
quoi qu'en ait écrit madame de Genlis,
qui croit que l'expression *bleu de roi* ,
aussi ancienne que la race Capet , a été
créée par l'avant - dernier prince de
Condé , d'après les beaux yeux de Louis
XV , dit-elle.

J'attends M. l'abbé Famin, sur la question de la retraite de Prague, qu'il me paroît aussi avoir fait mettre, en propre personne, sur le tapis des controverses historiques. La retraite de Moscou a été plus longue que la retraite de Prague, mais c'est presque la seule différence qu'il y ait entre elles, dans les traditions françaises. Nos peres et nos oncles y étaient.

Mais, à propos, messieurs des anciennes et nouvelles études, que signifioit ce mot *Capet*, en l'an mille? Que signifiaient aussi, *Gardes de la Manche*, et *Montjoye Saint-Denis*, ce cri antique, sur lequel tant de curieux, avant et après les doctes Ducange et Raynouard, ont perdu leur latin et leur français? Et pourquoi cette phrase courte était-elle brodée, non sur des bannieres, mais sur le dos de certains guerriers, et jamais sur leur poitrine, curiosité très notable, que l'historien Beauveau ne sut pas éclaircir, tout maréchal de France qu'il étoit? A propos encore, que signifioit, dans notre plus haute antiquité, cette expression très noble: ROI DES RIBAUDS? Enfin d'où viennent les trois couleurs de la cocarde actuelle de France? Le premier des commandans de la garde nationale, ne connut pas l'origine de cet ornement, puisqu'il crut que la cocarde tricolore des parisiens (*Parisiacorum*) avait jadis été blanche, au lieu qu'elle est historiquement rouge, et dès avant la seconde race. *Quaeritandum depulsâ superbiâ*. Les premieres disputes dans la garde nationale vinrent de cette méprise des aides-de-camp de M. de Lafayette.

Je retourne à Louis XV, mais à Louis XV en brillante santé.

❈ ❈ ❈ ❈ ❈

Pierre Caron, fils d'un horloger, fréquentoit l'Opéra et la Comédie, avec une telle passion, qu'il ne sortait jamais d'un parterre, que le spectacle ne fût fini. Son pere prit le parti de mettre, tous les soirs, dans sa poche, à onze heures sonnantes, la clé de sa maison. Pierre loua un taudis dans la rue Grenetat, et travailla en chamberlan. Il était habile ouvrier, connu pour tel, et ne manquoit pas de besogne. Son pere avoit un associé en Espagne, qui vint à Paris, pour les affaires de leur commune profession. L'associé proposa d'emmener le fils Caron, afin de le dégoûter du théâtre ; et le jeune homme partit pour Madrid avec l'ami de son pere. Il étoit alors âgé de vingt-quatre ans. Quand il en eut vingt-sept, il revint à Paris avec une harpe, instrument de musique autrefois connu en France, mais auquel on n'y pensoit plus depuis quatre-vingts ans.

Caron donna des leçons de harpe dans Paris. Il étoit beau garçon. La harpe devint l'instrument de musique à la mode.

Les princesses qu'on appelait Mesdames de Fronce, entendirent parler de cet instrument nouveau venu, et en demanderent le maître le plus habile. C'est vraisemblablement, leur dit un écuyer, celui qui a fait counaître à Paris la premiere harpe. Caron, qui, par la suite, eut le nom de Beaumarchais, fut mandé au château de Versailles.

Il n'avoit aucune connaissance de la vile et vilaine frasque de la salope comtesse. Mais il étoit homme de génie ; et il arrive parfois au génie, dans une situation importante, de pouvoir remplacer l'esprit.

Peu à peu il s'occupa le matin à chercher les nouvelles chansons, les brochures, les voyages, les romans. Le soir il examinait ces emplettes, et faisoit ses choix, qu'il portoit aux princesses le lendemain. Le roi ne lui parloit pas quand par hasard il le voyait chez ses filles ; mais un jour il laissa sur leur table un bon de douze mille francs, pour le maître de harpe, qui à son retour, plaça la somme dans une armoire. Un valet qu'il avoit pris à ses gages, vola les 12,000 francs et s'enfuit. Caron se garda d'en dire mot à qui que ce fût, et continua respectuensement son agréable service, comme si de rien n'était.

Un jour il arriva devant les princesses, tout trempé d'une pluie, qui battait Paris, depuis quinze à vingt heures. Les princesses le plaignirent, et lui reprocherent, avec bonté, sa venue par un si mauvais temps. Je serois honteux vis-à-vis de moi-même, répondit-il, d'avoir suspendu pendant une minute, le service auquel j'ai l'honneur d'être appelé par vos altesses royales. Il étoit alors lecteur attitré de Mesdames. = Est-ce que vous ne venez pas tous les jours EN VOITURE DE LA COUR ? = J'y viens, mais seulement jusqu'à la grille, les voitures publiques ainsi nommées ne pouvant point pénétrer dans les cours du château. = Mes sœurs, donnons-lui une voiture. = Oui, notre voiture grise. = Je ne pourrais faire traîner un carrosse que par des chevaux, dit-il, en souriant avec respect. = Eh bien, donnons-lui nos deux chevaux gris. = Je n'aurois pour eux, ni écurie, ni foin, ni avoine. = Nous demanderons au roi, que vos chevaux soient pansés dans ses écuries de Paris, de Versailles, de Fontainebleau, de Compiegne, et enfin de partout. Le triple don fut tel que le souhaitaient les quatre princesses. La derniere née n'avoit pas encore obtenu de son pere la permission de s'enfoncer dans le monastere des Carmelites.

Les princesses, aussi contentes de leur lecteur, que le roi en étoit satisfait lui-même, lui disaient de temps à autre : Cherchez dans votre imagination un moyen de faire fortune : nous vous aiderons de notre mieux , en demandant, pour vous, la protection particuliere du roi. Il chercha et finit par trouver.

Duvernay , un des quatre Pàris , freres , avait , jusqu'alors , désiré que le roi visitât une école militaire qu'il avoit fait bâtir, peut-être comme Alidor chez Boileau : mais Louis XV n'aimoit pas cet établissement , et s'en était expliqué. Le musicien-lecteur se présenta plusieurs jours de suite à la porte de M. Duvernay , annonçant chaque fois au portier, qu'il reviendroit le lendemain à la même heure. Enfin il fut introduit par l'ordre du maître , et demanda d'une voix basse , une audience de peu de momens. Parlez haut , monsieur Caron , lui répondit le richart ; je n'ai point de secret à entendre. Monsieur Duvernay , répliqua tout haut le jeune homme , je viens vous demander quel jour de beau-temps le plus prochain , vous désirez que le roi vous fasse l'honneur de visiter l'écolemilitaire de votre

façon. = Ah monsieur ! parlons bas , et
excusez-moi. Je serai prêt.

Mesdames , dit , le lendemain , le
lecteur à ses princesses, vos bontés pour
moi vont enfin , par vos ordres , avoir
occasion de se renouveler en perfection.
Priez, quand il vous plaira , Sa Majesté,
de vous mener à la chasse dans la plaine
de Montrouge ; et ma fortune sera bientôt plus sûre que celle des fermiers généraux.

Les quatre princesses firent au roi
leur pere la demande , qui fut convenue
entre elles ; et Louis XV partit pour gi-
boyer avec ses filles Mesdames. Voyant
le bel hôtel dit Ecole militaire , elles
prierent papa-roi de les y mener. La
visite se fit , après laquelle une table
fut servie , garnie de fruits et de confi-
tures. Vers la fin du goûter , les princesses apperçurent leur lecteur dans la
foule des promeneurs de Paris, qui étant
entrés , les regardaient manger et boire ,
selon la coutume autrefois établie par
le roi Hugues ; coutume que la France a
vue abolie par l'ennui de la reine Marie-

Antoinette, et que Napoléon ne sut ou ne voulut pas rétablir. Leur lecteur fut recommandé par les quatre A. R. au maître de la maison. Celui-ci, avant les premieres vingt-quatre heures écoulées, lui prêta cent mille écus, et lui donna dans ses entreprises un intérêt dont le bénéfice étoit, à tout le moins, de quatorze pour cent.

Ceux-là se sont étrangement trompés, qui ont écrit de Beaumarchais comme d'un mathématicien. Il était si loin des études mathématiques, qu'il ne savoit seulement pas, à quoi sont nécessairement égaux, en géométrie, les trois angles d'un triangle quelconque. Son pere ne lui avoit fait porter ce que les écoliers de Paris nomment le bât-d'âne (un cartable en bandouliere), qu'aussi longtemps qu'il lui avait été nécessaire d'étudier le Bistac, pour savoir à peu près l'orthographe de sa langue maternelle. Enfin toute son arithmétique se bornait aux deux premieres regles. Mais il était né vraiment mécanicien, musicien, poëte; et il ne dansait pas avec de moins belles jambes qu'Helvétius et Louis XIV. (*Non desunt caetera*).

❀ ❀ ❀ ❀ ❀

Louis XV, âgé de vingt-deux ans, aussi amoureux de sa femme, qu'il l'avait été dès le premier jour, à l'âge de seize, fut surpris un soir à la chasse par une forte pluie. On lui parla d'une jeune et charmante personne, qui étoit presque disposée à lui faire la lecture du savant et sot livre de l'abbé Terrasson, pendant qu'il se mettroit au lit ; sot livre au moins par le casque d'Amédès et son luminaire homicide. Est-elle, répondit Louis XV, aussi belle que la reine ? On n'osa pas dire oui. Plus tard le confessionnal gâta cette aimable union, et réduisit, par ses injonctions, Marie Lekzinska, sous peine d'être, sans fin ou autrement, brûlée dans l'autre vie, à parler insolemment au roi son mari, et même à le repousser de sa couche, qu'il quitta enfin, après mille paroles amoureuses toutes rebutées par elle, pour n'y plus rentrer.

Les gens de moinerie, dits Jésuites, firent tourner la tête au fils comme ils l'avoient fait tourner à la mere. Mais ces mêmes hommes lui donnerent des

idées inconnues, d'une extrémité de la
France à l'autre, depuis le roi Hugues,
du pouvoir hors de toute mesure, qu'ils
disaient appartenir à un roi qualifié très
chrétien, et qui mérite ce titre. Le fils
de Louis XV, qui s'attendoit à devenir,
avec le temps, un roi, même le seul roi
très chrétien, étant âgé de six ans, assis
en présence du public, sur la porte de
son appartement, avait sur ses genoux
un pigeon blanc dont le bec et les pattes
étoient rouges. Il regarda ce joli animal
avec attention, peut-être avec admira-
tion ; puis il dit subitement, *Tu m'en-
nuyes*, et lui tordit le cou.

Deux ou trois ans après, sa mere entra dans la chambre du roi, qui étoit
seul avec son fils. Approchez un fau-
teuil à votre mere, dit Louis XV. Le
fils obéit. Mais à l'instant où la mere
s'asseyoit, il tira vîte le siège ; et la reine
tomba à la renverse, pendant que le
dauphin dit : *Haut le cul Pernette*. Il
avait vu et entendu quelque servante,
faire et dire ces gentillesses, à une de ses
camarades.

Deux ou trois ans, ou quatre ou cinq

après, il essaya par curiosité, de dé-
monter et de remonter une pendule.
Mais arrivé au ressort, il en reçut un
soufflet au milieu de la joue. Il cria :
son pere survint. Il pria le roi de com-
mander qu'une potence fût vîte plantée
devant ses fenêtres (car il logeait au rez
de chaussée), et que l'horloger y fût
pendu incontinent. Ce ne fut pas sans
difficulté, que le roi lui fit comprendre
que sa demande étoit d'un sot.

Lui et sa dauphine, qui le valoit,
étaient persuadés que Louis XV, leur
pere et beau-pere, étoit trop grand pé-
cheur, pour qu'il parvînt au paradis,
quand il aurait cessé de vivre. S'il fal-
lait croire la dame écrivain Campan,
les trois petits-fils de Louis XV, et les
princesses leurs femmes, étoient dans
cette même persuasion peu chrétienne.
Aussitôt que Louis XV fut décédé, ils
montèrent, dit-elle, en carrosse tous
six ensemble, pour fuir l'inhumation,
à laquelle il étoit indispensable de pro-
céder immédiatement. Et à peine sen-
tirent-ils le mouvement de la marche,
qu'ils se regarderent les uns les autres,
en riant de bon coeur, ou de mauvais

coeur, si l'on veut. Les tantes furent
malades? Tampis pour elles.

* * * * *

Voltaire et le duc de Richelieu, depuis maréchal, eurent l'un pour l'autre
une amitié qui ne varia jamais, et à
quoi d'Alembert ne comprenait rien. Il
n'étoit né, lui, que fils naturel, ou bâ-
tard, de pere et mere inconnus, au lieu
qu'eux-autres étaient venus au monde
très légitimement, d'après les regles du
mariage. Ils se rendirent deux ou trois
services éminens, quand ils eurent besoin l'un de l'autre. Ce fut le jeune duc
de Richelieu qui chercha et trouva un
heureux moyen de faire sortir agréable-
ment son ami, fils comme lui de l'abbé
de Châteauneuf, du cabinet de maître
Adam, procureur au Châtelet, rue du
Plâtre, où il étoit en pension et en pé-
nitence, à cause de ses amours avec Pim-
pette, fille de la fameuse madame Du-
noyer. Ce fut, longtemps après, le vieux
duc de Richelieu qui, pendant que Voltaire étoit caché dans un coin de la
Suisse, pour éviter le bûcher du jeune
Labarre, lui découvrit, par le secours

de Louis XV, le mensonge de ceux qui, dans l'arrêt de mort, avoient substitué le titre du *Dictionnaire philosophique,* à celui du tome très sale de l'ex-abbé Gervaise, frere indocile de dom Gervaise le chartreux. Ce fut Voltaire qui composa le mémoire sur les protestans du Midi, mémoire dont le duc fit lecture à Louis XV, en son Conseil-d'Etat, comme écrit par lui seul, et qui produisit un excellent effet. Lors du procès si fameux de la présidente de St.-Vincent, dans lequel le vieux guerrier avait contre lui, outre dix-huit libelles de gens de barreau, quatre-vingt et deux signatures de parens de cette dame, tous honorablement titrés, un seul factum parut sous le nom du duc de Richelieu; et Voltaire en fut l'auteur inconnu. C'étoit dans les circonstances difficiles pour l'un ou pour l'autre, la comtesse *Papillon-philosophe,* morte il y a peu d'années, qui faisoit les messages de Voltaire au duc de Richelieu, et du duc de Richelieu à Voltaire.

Le libraire Lambert passait aussi pour être fils de l'abbé de Châteauneuf; et Baudouin, que Lambert s'associa tout jeune, étoit discrettement crû fils de Lambert, et en conséquence neveu par nature du maréchal de Richelieu, ce que Baudouin n'a peut-être jamais su.

* * * * *

Louis, dauphin, puis roi en 1774, fut l'homme de l'Europe le plus capable de dégoûter sa femme de désirer ou d'accueillir un amant. Son grand-pere, quand il voulut le mettre en mariage, le fit examiner par Lamartiniere, son chirurgien royal, qui, en questionnant le prince, s'apperçut qu'il était affecté d'un symphysis, accident de naissance, très peu commun, et quelquefois fort gênant à un jeune garçon, dans ses sommeils. Lafaye est le seul écrivain de chirurgie qui, à ma connaissance, ait spécifié le symphysis prépucial, qu'on ne trouve pas toujours placé d'une même façon. *In erectione, virile membrum delphini Ludovici, ad latus unum arcatum erat.* Il y avoit une légère section à faire, afin que le jeune homme dormît tranquillement à l'avenir. Le chirurgien informa le grand-pere, qui arriva au jour et à l'heure convenus, avec quelques seigneurs de sa Cour. Lamartiniere déroula vivement, sur une grande table, au milieu de la chambre, une ample trousse chirurgicale, en marroquin rouge. Le dauphin, de son matelas, leve la tête au bruit, voit briller, à la fois, tous les instrumens de Saint-Côme, et court en chemise, dans son cabinet, dont il ferme la porte à double tour. Il fut longtemps le mari fort ennuyé, d'une des plus belles princesses du monde (Voyez son portrait en grand, par madame Vigée Lebrun, qui ne l'a pas du tout flattée), dont il étoit aussi aimé qu'amoureux, lui tournant toutefois le dos chaque soir, en se mettant au lit. Enfin il arriva qu'une nuit Louis XVI éveillé, après un rêve agréable et pourtant douloureux, fit ses réflexions, entra dans le cabinet de la reine, prit des ciseaux, s'en servit prestement, sans se faire le moindre mal, et courut se placer, pour la premiere fois, entre les bras de sa femme.

La dame Campan a écrit que les calomnies contre les mœurs de Marie-Antoinette, étaient répandues dans la France par les gardes du corps (du Roi,

apparemment) en semestre. N'en croyez
rien. Le duc de Lauzun et le baron de
Buzenval , tout beaux garçons qu'ils
étoient , furent deux étourdis , qui ne
voyaient pas que Marie-Antoinette ne
leur montroit tant d'amitié , à eux et à
nombre d'autres , que pour se confor-
mer aux conseils de la reine impératrice
sa mere , et pour un motif tout autre
que celui que ces messieurs avoient
fourré sous leur toupet ; motif qui n'était
inconnu à aucun garde du roi. Que Dieu
me préserve d'un serviteur qui veuille
défendre mon honneur, comme madame
Campan a défendu Marie-Antoinette !

Ainsi que Jean Lafontaine , l'écrivain
qui a fait imprimer les Mémoires de
M. de Buzenval , baron suisse , pouvait
avoir pour maxime : *Cocuage n'est
point un mal.* Il en étoit né : la ville et
la cour , savaient même , qu'il étoit arrivé plus d'une fois à ce même écrivain,
de dire au maréchal de Ségur : *Mon
pere , si ma personne vous déplait ,
j'irai chez papa.* Mais quelle sottise ,
de se persuader que la belle Marie-
Antoinette , dont le mari valait , pour
l'amour , trois Buzenval , et autant de

Lauzun , eût jamais eu la fantaisie de chercher des galans ! Elle crut long-temps qu'elle déplaisait à son mari. Elle se paroit de plus en mieux , pour le charmer. Enfin elle vit combien elle en était aimée , sans qu'elle s'en fût apperçue , jusqu'au quart d'heure où il eut fait disparaître le symphysis.

❀ ❀ ❀ ❀ ❀

Ce fut en 1782, que Louis XVI s'arrêta devant une porte , et se tint de côté , pour laisser passer une élégante dame , qu'il crut être une *Dame du Palais* , et qui étoit tout simplement une des femmes de chambre de la reine, ou d'une des princesses. Averti de sa méprise , par le garde du corps en sentinelle , à cette porte , le roi ordonna que toutes les femmes de chambre du château , sans exception , quelque parées qu'elles fussent , portassent à l'avenir , dans les châteaux royaux , un tablier blanc pendant à leur ceinture , et étalé devant leurs personnes. La madame Campan , que l'empereur Napoléon et les siens, et les siennes , croyoient avoir été une ancienne dame de la cour de

France, n'a rien peut-être narré à ses lectrices ou auditrices de cette disposition de basse étiquette.

❊ ❊ ❊ ❊ ❊

De la persévérance de madame Joséphine, femme du Premier Consul, à repousser sourdement l'inimitié vraie ou fausse de ses belles-soeurs, s'ensuivit le meurtre du duc d'Enghien; vérité que la reine Hortense ne peut connaître que par des conjectures tardives. Si, à l'égard de ce meurtre, dont Napoléon et Caulaincourt ne furent pas les plus inexcusables, madame Hortense, dans les Mémoires qu'elle annonce, s'en tient à récrire que sa mere se mit à genoux, pour sauver la vie à l'infortuné prince, les Mémoires de madame la reine Hortense n'auront rien de neuf. Erostrate savoit qu'il mettoit le feu à un temple; Joséphine ne sut pas que, par ses commérages d'administration, elle préparait la mise à mort du prince le plus digne d'être aimé. Mais pourquoi s'obstinoit-elle à intriguer, sur l'oreiller de son mari? Que ceux-là comprennent qui peuvent comprendre.

❊ ❊ ❊ ❊ ❊

Un papier public a dit, à l'occasion
de la dispute sur République et Royauté,
que *les moeurs des Français sont chan-
gées, depuis* 1793. Point du tout. Nos
moeurs sont ce qu'elles étoient il y a
quarante ans.

Au temps de la terreur, on voyageoit
en sûreté, en France, tant de nuit que
de jour, à pied, à cheval, ou en voiture.
Il ne se présentoit pas un assassin, pas
un voleur, sur les grands ou les petits
chemins. Les cavernes des brigands
étaient devenues vuides ; et ceux qui les
avoient occupées, gagnoient commodé-
ment leur vie, dans les villes, à Paris
sur-tout, soit à monter des gardes, soit
à être placés comme gardiens de sus-
pects, ou à recevoir un émolument de
présence, dans les sections. C'étoient
les braillemens de ces hommes qui, de
l'Hôtel - de - ville, commandaient la
France, jusqu'à ce qu'enfin la Conven-
tion Nationale eut secoué leur joug, en
établissant une Constitution Politique.

Ainsi, avant la création des deux

Chambres et du Directoire Exécutif, il y avoit eu en France une klephtocratie. Mais cette domination des bandits avoit trouvé son chemin tout préparé, par l'oclocratie que les ministres de Louis XVI avoient eux-mêmes formée antérieurement. *Laudanda semper fuit Veritas.*

❋ ❋ ❋ ❋ ❋

Il n'est pas vrai que le pain manquât à Paris, en 1789. Quelques boutiques de boulangers furent trouvées vuides, tel ou tel jour, et plusieurs fois, à de grandes distances les unes des autres ; les maîtres de ces boutiques sans pain ayant été subornés par argent, pour laisser refroidir leur four. Mais le nombre de ces marauds étoit fort petit ; et par tout à Paris on achetait à volonté du pain en 1789 et 90, dans la ville et dans les faubourgs. Ainsi la *Revue chronologique* de monsieur l'abbé je ne sais quel, est à cet égard une menteuse, ou seulement une sotte. Ailleurs elle est souvent l'une et l'autre. Et voici, sur le fameux *Cinq Octobre*, devant des témoins de chaque sexe et de tous les états du corps social qui peuvent encore exister par centaines, et même par milliers, quelques vérités d'histoire, que l'esprit de mensonge ou la bétise pourraient nier seuls, au siecle présent.

Le quatre d'octobre, vers la tombée du jour, une cinquantaine de petits garçons, dont le plus âgé ne portoit treize ans ni sur son visage ni sur sa taille, marcha processionnellement, et aussi gravement que possible, dans le jardin du Palais-Royal, entre les deux galeries de pierre paralleles, proférant avec grande attention les phrases suivantes : *Il n'y a pas de farine à la halle. Il faut aller demain matin à l'Hôtel-de-ville. AUTANT VAUT PÉRIR PAR LE FER QUE PAR LA FAIM;* manifeste sans aucune partie variante de langage, et qu'on avoit évidemment fait apprendre de mémoire, à ceux qui le publioient.

Deux hommes au-dessus du commun, quant à l'instruction et aux habitudes de l'intelligence, quitterent promptement leur promenade, pour aller avertir l'Hôtel-de-ville, de ce qu'ils venaient de voir et d'entendre. On leur indiqua la chambre où travailloit le comité des subsistances. Trois hommes s'y trouvoient, assis devant une table. Ils écouterent, sans rien dire, les deux aviseurs, qui voyaient près de là , M. le maire Bailly. Puis un des trois répondit, après dix-huit secondes : *Cela ne nous regarde pas.* Il mentoit impudemment. Ses deux co-agens se turent. Et un des arrivans répliqua : Messieurs , si le commandant de la garde nationale, avec lequel vous communiquez nécessairement tous les jours , n'est pas averti au plus tôt, l'Hôtel-de-ville , avant douze heures écoulées , sera c'en dessus dessous; et Dieu sait, et vous aussi , Messieurs , à en croire vos physionomies , ce qu'il en arrivera. Effectivement , il s'agissoit, pour ces mignons , de voir , le lendemain, M. de Lafayette *lanterné.* Il n'y eut pas une parole dite de plus. Mais il y eut, en tout, quatre saluts de trop ; car ils ne furent pas rendus.

Le lendemain matin , à huit heures , neuf carognes étoient placées de bout , en cercle , à l'extrémité large du Pont-aux-Changes. Chacune s'appuyait militairement , le poing en haut , sur une

lance ou pique, forgée dans la nuit,
et emmanchée d'un hast tout neuf, par
le vendeur de grosserie voisin, locataire
du passage du petit Châtelet, à qui
elles avaient dit qu'elles attendoient une
camarade pour les conduire.

Au même temps, le Président de
l'Assemblée Nationale de Versailles,
semblait attendre une voiture ou un
avertissement, à Paris, sur la place
Louis XV, où il se promenait, avec un
inconnu, son collègue ou non.

Une heure auparavant s'étoient mon-
trés, dans un coin du jardin du Palais-
Royal, des hommes en habit gris, bleu
ou autre, clair ou foncé, au nombre de
sept, formant, de bout, un petit cercle bien silencieux, tenant chacun son
chapeau à la main. Aux chapeaux de
ces personnages, qui assurément n'é-
taient pas des gardes du corps, étoient
fichées, entre une ganse et un bouton
noirs, dont rien n'indiquoit l'uniforme
français, anglais ou autre, d'amples co-
cardes noires. Ils paraissaient avoir été
envoyés dans ce lieu, pour provoquer la
haine des promeneurs, et s'attirer quel-

ques reproches; à quoi ne réussirent point leurs préposans : car de tous les habitués de cette promenade, aucun ne parut faire attention à ces farauds du grand genre.

A la plus marchande des halles de Paris, où d'ordinaire tous les gens de cuisine allaient le matin faire provision, deux fillettes de dix à douze ans, baguettes en main, faisoient bruire dès le matin, chacune séparément, une caisse à tambour pendante à son côté, et criaient, de temps en temps : *On va aujourd'hui à Versailles.*

Les neuf expectantes du Pont-aux-Changes, partirent peu après neuf heures sonnées, avec leur commandante, qui avoit amené auprès d'elles un petit renfort. Cette bande étant en action dans les rues, forma bientôt une colonne de femmes, qui étoient forcées de marcher, par la peur d'être maltraitées. Plusieurs périrent plus tard, surtout des femmes à équipage. Car des carrosses furent arrêtés, dès le premier élans des carognes, ainsi que dans la suite de la journée ; et les jeunes femmes ou filles, dames ou demoiselles de bon âge, que

les femmes à piques, et leurs secondes,
sans cesse agissant ou menaçant, y ap-
percevoient, entraient par force dans
cette cohue. Aucun comptoir, aucune
boutique, aucun magasin devant lesquels
passoient les sergentes et les caporales,
ne fut négligé par elles. Tous les gardes
nationaux de Paris, sans rien comprendre à l'étrange évènement qui s'y passait, vêtirent leurs uniformes, prirent
leurs armes, et coururent à l'Hôtel-
de-ville.

Cependant M. de Lafayette, non
moins étonné que tout autre garde national, crut que le duc d'Orléans s'amu-
sait à faire marcher Paris contre l'Assemblée nationale ; et le duc d'Orléans,
de son balcon, crut que c'étoit M. de
Lafayette lui-même, qui faisait à la
France, cette mauvaise plaisanterie.
Mais l'un et l'autre se livrant à une
même méprise, étoient dignes d'une
compassion tout au plus stérile : car personne, autre que leurs protégés, n'aurait été admis à leur adresser une parole ; inconvénient le plus grave auquel
puissent être exposés les hommes publics,
mais qui n'empêcha pas l'homme qui

écrit ceci, de sauver la vie à M. de Lafayette, à 7 h. 1/2 du matin, après le
fameux départ pour Montmédy. Au
moins Louis XV et Fréderic II disoient:
Parlez, Messieurs : je suis absent.

Messieurs d'Orléans et Lafayette apprenant, le cinq octobre, cet horrible
mouvement de Paris, furent donc, l'un
envers l'autre, dans une erreur également hors de toute justesse d'idées. En
effet, ils étoient, depuis longtemps,
chacun à part soi, trompés, dupés, pi-
pés, par des hommes plus rusés qu'eux,
qui ne l'étoient point du tout, et qui
n'avoient, quoi qu'on dise ou redise,
qu'on écrive ou récrive, jamais désiré
de l'être. Au reste, peu importe.

Il s'agissait, pour le comité Galopin,
en ce cinquieme jour d'octobre, de faire
appliquer, dans l'Assemblée nationale,
la gentillesse, fort reculée dans l'histoire des guerres du peuple de Dieu,
comme disent le jésuite Berruyer et
J. J. R., du Chibolet. La combinaison
issue des dévots affidés au comité, qui
fut depuis qualifié Autrichien, peut-
être seulement à cause des concordances,
étoit d'une rare habileté, en terme de

scélératesse. Aucun Sibolet n'eût échappé au massacre, si l'énorme charge n'eût pas fait long feu. Les neuf piquieres du Pont-aux-Changes, et leurs adjudantes, firent plus que ce que le comité Galopin avait réglé, croyant faire mieux.

Tandis que les gardes nationaux couraient à l'Hôtel-de-ville, leur commandant s'y transporta aussi. Mais son cheval blanc fut, après une courte délibération des galands des diablesses du Pont-aux-Changes, mené à travers la place publique, et attaché à l'opposite du perron, auprès du fameux reverbere, dont la corde étoit par eux descendue, et ne fut remise en place, que lorsque le cheval eut été remonté par son maître, auprès de *la lanterne*, et que le général, après deux à trois heures de débats à l'Hôtel-de-ville, eut pris le chemin de Versailles, sur lequel la seconde ou troisieme colonne de femmes cheminoit, par contrainte, depuis longtemps. La garde nationale suivit, et même avec plusieurs pieces d'artillerie.

Le premier coup de fusil tiré dans la cour du château de Versailles, le fut par un marmiton des cuisines de la reine. Ce coup de fusil cassa un bras à un sous-lieutenant des gardes du corps, qui ne survécut à cette blessure que peu d'heures, les balles ayant pénétré dans le côté. On sait à peu près le reste.

Le lendemain, avant que le roi et sa famille fussent montés en carrosse pour venir habiter à Paris, onze chenapans arriverent à l'auberge de la Fleur-de-lys, vis-à-vis l'hôtel des gardes, se firent préparer un repas, et le mangerent et burent en se disputant par fois. Neuf gardes du corps, abrités secrettement, depuis le cinq, au soir, dans un cabinet, entendirent tout ce qui se passait entre eux. Cinquante louis étaient à partager. Celui qui avait reçu d'un agent du comité Galopin, l'injonction d'embrigader les autres, avoit oublié, par un excès de modestie, de compter sa personne : et dix pendards, au lieu de neuf seulement, se trouverent avoir été arrhés par lui, et avoir les mêmes droits sur les cinquante louis dont il était payeur ; ce qui brouilloit toutes les soldes. L'enrôleuse des premieres grivoises en station sur le Pont-aux-Changes avait apparemment été moins humble. Au surplus, le comité Galopin agréoit des affidés des deux sexes. Mais il n'admettait jamais dans son sein, que des hommes réputés, à droit ou à tort, d'une ancienne maison de lance, de matras, de macle, ou de chabot. Les visites à Chanteloup, après l'exil du duc de Choiseul, avoient, depuis longtemps, inoculé dans la mémoire du comité, la course empressée des moutons de Dindenaud. Le faubourg Saint-Germain où, quinze et vingt ans après ce fameux cinq Octobre, les ennuis de Napoléon s'empêtrerent sans sujet, n'est presque habité que par des ouailles (Ab *Ove*; ut *Tityre*, *coge*, etc.). La belle comtesse de tant d'esprit, qui se croyait comparse des dames les plus haut placées sur notre nation, ne fut, en aucun temps, avertie de son erreur. Ni le maître de cérémonies de deux rois, qui fut plus d'une fois son moniteur sur les coutumes monarchiques, ni ces deux rois eux-mêmes, la gloire en personne de la France, qu'elle eut journellement l'insigne honneur d'écouter et d'entendre assise, n'eurent le courage de l'avertir que, dans les palais où elle étoit admise par faveur, il y avoit : gens de la Cour, gens de Cour, et gens en Cour.

※ ※ ※ ※ ※

« *Le comte de Ségur, à son retour* » *de Russie, fut employé par la reine.* » (Mémoires Campan, T. 2, p. 107, 108.)

La reine avoit fait nommer ambassadeur pour la Russie, M. de Ségur. Il avoit amusé S. M. Marie-Antoinette (ce que n'a pas pu savoir madame Campan), en tirant les cartes à deux ou trois dames, à deux pas de sa personne, sans avoir l'air de se douter qu'elle regardât et écoutât, avec son agréable sourire, ce qu'il faisoit et disoit.

La dame Campan dit encore : « *Quel-* » *ques lignes de l'impératrice du Nord* » *se terminaient ainsi* : « Les rois doi- » vent suivre leur marche, sans s'inquié- » ter des cris du peuple ».

C'était précisément ce que le comité Galopin avoit voulu faire, le cinq octobre ; mais son Sibolet, quoique finement conçu, rata tout crac, parce que les neuf sergentes de la marche sur Versailles,

et leurs caporales, avaient fait, ainsi
que nous l'avons dit, pis que ce qu'il
avoit commandé, les carognes croyant
faire mieux.

❊ ❊ ❊ ❊ ❊

Ce fut en l'année 1786, que le mot *Statistique* fut formé par de doctes professeurs allemands, pour signifier la science historico-politique de leur pays, laquelle existoit depuis environ huit siècles, sans qu'on eût pensé en Europe à lui donner un nom. L'Allemagne est une confédération de monarchies et de républiques, également stables, dont chacune est maîtresse plus ou moins absolue des hommes et des choses qui sont dans son enceinte. Et l'Italie, au sentiment de la Confédération, appartient en fief, par un ancien droit de conquête, à la grande République Germanique, laquelle se qualifie Empire Romain. *Gaudeatis denique, nuperi studentes politiis.* Et vive la liberté.

Vous demandez à un allemand de quel pays il est ? S'il vous dit qu'il est né dans une *Ville Impériale,* traduisez sa réponse, laquelle signifie simplement qu'il est, ou citoyen, ou sujet, ou serf glébier d'une République. Holà, Casimir Perier! Que trouviez-vous de chimérique en ces vieilles dispositions normales? Vous ne les connaissiez point? Il falloit donc vous taire, ou parler autrement, et ne pas vous couvrir de risée, à Vienne, à Munich, à Berlin, à Manheim, et autres lieux de Germanie.

❀ ❀ ❀ ❀ ❀

Le neuvieme jour d'octobre, 1789, parut un imprimé ayant pour titre : *Dialogue entre Henri IV et le Duc d'Orléans*, où l'ancien roi Henri reprochait, contre toute vérité, à son descendant, les évènemens du 5 et du 6. Je dis à M. Dupirn : C'est vous qui avez écrit cela ! C'est une imposture que cette accusation. Il me répondit que ses quatre enfans avoient faim ; de quoi le comité Galopin s'étoit apperçu.

Le 13 du même mois, au soir, on raconta dans quelques maisons, une scène qui venoit, disoit-on, d'être faite par M. de Lafayette au duc d'Orléans ;

scène qui incontestablement n'avait pas
eu lieu.

Il était décidé par les gens au Chibolet, qu'on duperoit de plus en plus, ces
deux personnages. Cependant l'un des
deux ne fut dupé qu'en qualité de prince:
il fut le seul offensé, au moins par le libelle diffamatoire qui, à son insçu,
avait couru les rues de Paris. On lui dit
ministériellement, et en lui recomman-
dant, au nom du ROI, le plus profond secret, qu'une négociation étoit ouverte,
pour le faire créer duc de Brabant ; et,
dans une erreur que son peu d'instruction et sa bonne foi rendaient bien ex-
cusable, il le crut, et partit le 14, avec
des dépêches scellées, qui ne signifiaient
rien.

L'exécrable Comité laissa faire ensuite les juges du Châtelet, qui ne furent dès lors qu'un tas de gens sotte-
ment crédules. Et les messieurs Quidor,
Giran, la veuve Andelle, son futur
époux, et cinq cents autres sots, fri-
pons, ou imbécilles, purent dire avec
Paillasse : **JE TEMOGNONS.**

✳ ✳ ✳ ✳ ✳

M. de Bouillé, dans sa premiere production imprimée, reprocha la Révolution de 1789, à la mémoire de l'ancien duc de Choiseul, mais ne chercha point à démontrer, ni même à indiquer la justesse de son accusation. Les connaisseurs l'en auraient défié. Non qu'ils eussent pensé à blâmer plus qu'à glorifier le ministre de Louis XV, pour son grand acte d'étourderie. Cependant M. de Bouillé n'ayant pas voulu être clair, pourquoi le serais-je plus que lui? Quel écrivain aime à s'entendre ceusurer à plaisir, par l'orgueilleuse ignorance?

✳ ✳ ✳ ✳ ✳

On lit dans les *Mémoires* de M. de Bourrienne, ancien secrétaire de Napoléon, cette phrase vraiment singuliere : « Parlerai-je des fausses lettres glissées » dans les papiers de l'homme qu'on » voulait perdre » ? Et il n'y a pas un mot de plus sur cet objet, dans les douze tomes dudit monsieur. De fausses pieces avoient été en effet glissées : et, par

une incroyable cascade, le meurtre du duc
d'Enghien s'en étoit suivi. M. de M. FF.
écrivit, longtemps après, à l'homme
qu'on vouloit perdre, selon ce que marque M. de Bourrienne. Il lui fut ré-
pondu : « C'est à l'auteur des Mémoi-
» res à expliquer sa phrase. S'il a peur
» d'être assassiné ou empoisonné, pour-
» quoi me croirais-je mieux cuirassé
» que lui ? Au reste, je ne fus pas en-
» veloppé dans l'infortune du duc d'En-
» ghien. Il fut, au contraire, enveloppé
» dans la mienne. Ainsi va quelquefois
» le monde, mais rarement, il faut en
» convenir. Les atrocités ne sont pas
» communes parmi les gens qu'on peut
» croire avoir reçu quelque éducation,
» même peut-être en moinerie ».

✳ ✳ ✳ ✳ ✳

Voici une particularité que M. de
Bourrienne n'a peut-être pas envie de
publier. On coupa le cou, en place de
Grève, à des voleurs de grand chemin ;
et, par une ruse sans exemple, on sup-
posa que ces voleurs étoient punis, non
pour leurs véritables crimes, mais pour
avoir commis le crime de faux en écri-

tures ; ce qui étoit totalement contraire à la vérité (Q. E. E.).

* * * * *

La marquise de Montespan, née des sires de Mortemar, se croyait d'une maison au moins aussi digne de respect que celle de son auguste galand. De tems immémorial , une contrebande était bellement constituée sur les côtes de Normandie et de Bretagne , en rapport avec les isles de Jersey, Guernesey, etc. M. Ynibert, le plus habile commis des fermes générales de France , voulant éclaircir cette partie de l'histoire de son métier, résolut d'aller explorer personnellement la contrebande qui se faisait avec ces isles , et dont on n'avait pu jusqu'alors se procurer aucune preuve. Il partit incognito ; et, à travers quelques demi-douzaines de périls , il réussit à acquérir un coupon d'action de mille francs , signé par un directeur général, au nom du duc de Mortemar. Le Roi, dans son grand étonnement, fut très irrité contre le duc : mais la convocation des Notables arrêta les effets de son courroux.

❊ ❊ ❊ ❊ ❊

Des ministres de Louis XV créèrent, en France, une oligarchie, et des ministres de Louis XVI y créèrent une oclocratie; l'une et l'autre en horrible opposition à tout sentiment démocratique, c'est-à-dire national. La création des premiers amena le *Cinq octobre*, 1789, et la création des seconds amena le *Deux septembre*, 1792.... *(Studeat.)*

❊ ❊ ❊ ❊ ❊

La blonde Julie de Vevay dénigra les duels,

ERRATA.

Page 7, ligne 2 : soeur *lisez*, soeur d'adoption.

P. 11, l. 11 : encor *lisez*, encore.

P. 14, l. 15 : souviennent *lisez*, ressouviennent.

P. 20, l. 10 : les horreurs *lisez*, le souvenir.

Même pag., l. 15 : fut *lisez*, est.

P. 39, l. 18 : jugea peut-être, *lisez*, jugea, peut-être.

P. 59, l. 22 : à ce même écrivain *lisez*, à ce bossu.

P. 64, l. 14 : *pas* lisez, *point*.

Imprimerie PORTHMANN, rue Ste.-Anne, n° 43.

Le 5 Février, 1834.

9 782329 231013